잠든 사람과의 통화

창비시선 509
잠든 사람과의 통화

초판 1쇄 발행/2024년 9월 20일

지은이/김민지
펴낸이/염종선
책임편집/박지호 박문수
조판/박지현
펴낸곳/(주)창비
등록/1986년 8월 5일 제85호
주소/10881 경기도 파주시 회동길 184
전화/031-955-3333
팩시밀리/영업 031-955-3399 편집 031-955-3400
홈페이지/www.changbi.com
전자우편/lit@changbi.com

ISBN 978-89-364-2509-8 03810

* 책값은 뒤표지에 표시되어 있습니다.

잠든 사람과의 통화

창비

따라 오릴 수 있는 점선과

비뚤거리는 목소리로

순면 같은 시절을

차
례

제2부 · 겨울 들숨 여름 날숨

제3부 · 어둠과 환복

제4부 · 잠든 사람과의 통화

제 1 부

바닥 마찰하기

헤드룸

손대지 않은 모빌이 돌아간다
돌아가고 있었다
언젠가 가구를 빼면 나올 물건들
난 늘
어떤 모습이었으면 했다

매끄럽지 않게
각자 결대로
소실점 하나가 돌진해 온다

길 끝에서
불타지 않는 사람이 손을 흔든다

불을 일으키는 것과
불을 붙이는 것

동시에 붙고 마는 것
그것을 졸린 몸처럼 가누질 못했다

갑자기 놀란 모양이었지만
무엇에 놀랐는지 알 수 없었다

민감한 것과 손상된 것은 엄연히 다른데
많은 고민을 했고
그 결과
조심해야 하는 일만 남았다

촛대 같다는 말
좋은 거지?
그런 말을 해야 벗어날 수 있었다

무엇 하나 정확히 떨어지지 않아
세상은

무수한 활개들로 중역되는
우회였다

홀가먼트

빼가 보호하는 방식
살이 보호하는 방식
털이 보호하는 방식

우린 그걸 어떻게 지켰나 싶어

시접이 없는 니트를 입은 듯
안감의 기분을 모른 채

솔기솔기
꿈에서 꿰맨 잔상들

좋은 일이든 나쁜 일이든 함께하겠다
곁꾼으로서 할 일을 하겠다
약속을 하고

보풀을 떼서 뭉치고 놀았다
각자 몸에서 일어난 아주 작은 일이었다

대기실

들러리라는 말
나는 왜 그 말이 외국에서 왔다고 생각했을까

멀리서 온 줄 알았는데
여기에 줄곧 있던 것들

그런 것들은 세월과 실수에 의해 발견되지

주인공은 정전기를 일으킨다

마찰은 주인공의 숙명이라는 지문에 따라
풍선을 머리카락에 갖다 대는 들러리

실수로 들러리가 풍선을 터뜨리면?
시선을 가져와도 입장은 드러내지 못할 거야

주인공이 손에 물을 묻히는 동안 우리는 대화를 나눴다
우리를 둘러싼 모든 것들이 주인공이라는 생각을 하면서

모든 것에 맞출 준비를 하면 어긋났다
같은 앵글 다른 구도에서도 감정은 연결하고 가자

행복한 하루 되세요
하루는 되는 게 아니라 보내는 거지
형식적인 말들을 비틀면 뭐가 좀 나오니?

일어나야 할 일이 일어나는 걸 보면서
부스스 일어난 머리카락을 보면서
조용히 극장을 걸어 나왔다

혼자 있는 공간에서 입을 크게 벌리고
공간이 될 것처럼

가만히 있는 혀의 감각을 익히며
'아' 소리를 낸다

떠오르는 감정에 따라 '아'의 높낮이가 달라진다
호흡을 다 쓰고 나면 아무 말이나 해본다

입안을 벗어나지 않지만 움직이고 있는
혀의 심정이 느껴지는 것 같다

느끼고 말하는 것의 의미를 조금은 알 것 같다

마티에르

붓에게 방향을 준다

깊은 숨
섬에서 섬으로 들어가는
작은 배처럼

떠다닐 뿐인데 가로지른다는 생각

같은 날
하늘은 수채화 같고
땅은 유화 같다

다 마른 그림인 줄 알았는데
방금 덧칠한 문짝이 많다

녹슨 철문에 페인트
칠하기 전에 벗기지 못한 포즈들

배밀이하듯 적당히 눕힌 붓으로

지나가고 지나가는 길

아직 덜 마른 자리에
먼지 몇톨이 내려앉는다

연면적

베란다와 발코니,
테라스의 차이점을 모르는 나에게
반드시 거쳐야 하는 일층만 보여주고 사라진 사람

그날 우리는 일층에서 만났고
상부에는 지붕이 없었다

흙밭 대신 화분들로 가득 꾸려놓은 화단 앞
거기 서 있던 뒷모습은 화분이 가져가지 못한 물줄기처럼
바닥의 밀도를 확인하는 듯했다

뿌리보다 더 깊이 파고들 수 있었는데
고여 있었고 어쩌면 그게 편했을 것 같아요

그런 것 같다 말하고
정말 그렇다고 믿고 있어서
미안한 게 몇개나 되지?

불 꺼진 액정에 묻은 지문이

납작한 밤하늘의 구름과 닮았다

오늘 물색없는 내가 또 당신의 얼굴을 하고서
구름의 나이테를 그린다

구름을 몇번 만에 베었을까
누군가가 첨벙, 인중에 뛰어들었다

연면적

사선의 지붕 위로 무엇이든 올려놓는다
무너진 저울을 보듯이

길게 난 손톱자국

반대편에 무게 없는
모연(暮煙)이 일어나 춤을 춘다

매달려 있던 손이 스쳤을 공기

저녁의 성장은 밤인가 노을인가
나는 잠깐 크고 싶었다

지붕을 거둔 옥상에서
작아진 빨래들을 개지 않고 아침에게 준다

형광등같이 켜져 있는 어떤 아침을 좋아한다
아주 잠깐 깜박이는 것을 보고

나를 닮았네, 말하며
머뭇거림 없이 잠을 깨우는

연면적

복층집에 대한 로망
있었죠

무릎 생각해서 단층집에 사는 건 아니지만
이 안에서 좋은 점을 찾아야죠

그래도 여전히 층고가 높으면 좋아 보이긴 해요
먼지도 좋아하겠죠

환한 햇살 속에서 춤추는 먼지
사실 먼지는 그렇게 계속 춤춰왔는데
제 눈엔 한동안 가라앉은 먼지만 보였거든요

제 박수 소리에 놀라
바삐 도망치다 죽은 날벌레들

빛에 달려든 날벌레에게
무슨 죄가 있겠어요

인간은요
태양보다 약하면서 가까이 있는 등(燈)처럼 굴어
그게 문제일 때가 있대요

인간에게 달려드는 일에
무슨 죄가 있을까 생각해보셨나요

불 꺼진 방을 기어다니는
어떤 벌레에겐 더듬이가 곧 날개일지 모르는데
그만큼 귀한 걸 찾아보세요

날개만으로 피할 길이 없을 땐
우글거리는 사랑을 하는 거예요

연면적

평상 하나 갖는 게 꿈이랬지
그 전에 놓을 자리가 필요하다고

비가 오지 않고
추위와 더위를 감당할 수 있을 때
그때 있을 만한 자리를 더욱 평화롭게
평화롭게 하는 마음

그 마음에 기어오르는 개미를
너는 어떻게 할까 생각해

몇걸음 떨어진 곳에 단것을 내려놓고
너는 낮잠을 잘 거야
부스러기를 남기지 않는 꿈을 꿀 거야

우린 현실에서 세번 만나
그중 한번은 같은 개미 한마리가 우리 발밑을 지나가고
밟히지 않았다는 안도감을 느끼며
가야 할 길을 더 빠르게 기어갈 거야

그날 너는
꿈속에서 돋보기를 못 들겠다고 울어
그렇게 큰 개미를 본 게 처음이 아닌데도 말이야

연면적

귀신들은 옷장을 좋아해
가만히 걸린 납작한 옷걸이보다
자기 신세가 나은 것 같아서

어깨를 익살스럽게 내려
공기조차 벗는 놀이를 해

어울리지 않는다고 여겼던 옷들도
그냥 다 입어볼 걸 그랬지
후회가 들 때도 있지만

사랑하는 사람 앞에선
자주 입던 옷을 입을 뿐이다

오늘도 입을 옷이 없다
그 기분이 이렇게 계속될 줄 몰랐지만
요즘 귀신들은 커튼 뒤에 숨지 않는다

블라인드 틈으로 들어온 빛이

어느 방바닥에 켜켜이 내려앉길 기다려
횡단보도 흰 선처럼 밟고 논다

지겹게 일어나는 먼지를 보면서
살고 싶다는 슬픔에 산다

자판기 우유를 생각해

소가 만들지 않은 것
그러나 소의 것처럼 보여

뽀얗다는 사실 빼고
이름 빼고
공통점 없는 우유들을 생각한다

우유들
액체에게 이런 호칭은 어색하다

가끔 사람들을 만나면
비커, 스포이트, 샬레 같은 걸 펼치고 싶다

하얀 가운을 입고
그래도 괜찮다고 괜찮아질 거라고 말하는 사람들을
한방울씩 조심스럽게

(과학적으로나마 성공적인 실험을 해야 해)

자살도 성공해야 죽음이 된다는 말에
가운을 벗었다
우유이기를 포기했다

우유들
오래된 우유의 윗부분을 차지한 노란 물

진짜를 알아볼 시간은 필요하니까
반환 레버를 돌리고 거스름돈 받듯이
기다리고 있다

동전을 세며 넣었던가
지폐를 넣었던가

투입구에 들어가지 않는 지폐를 옷에 대고 비비는 사람
음료가 나오지 않자 자판기를 발로 차는 사람

(시작은 몰라도 방법은 쓸 수 있지)

그러나 오늘 나는
그 어떤 방법도 쓸 수 없는 병동 카페에서
자판기 우유를 생각한다

연거푸 인사하는 종이컵이 있고
아무렇지 않게 빈 종이컵을 구기는 손이 있는

지금은 누구의 알람일까

종이컵이 힘을 잃기 전까지
주먹 같은 건 잠시 잊은 채 서 있는
저기 저

염소가 열리는 나무

겁 많은 염소가 천적을 피해 절벽에 오른다

두갈래 발굽이 없었다면
여러갈래 울음이 없었다면

외국에는 앞뒤 차와 매우 좁은 간격을 유지하며
긴 버스를 안전하고 유연하게 모는 기사가 있다는데

반 바퀴만 엇나가도 벼랑 아래 바다인데
매일 웃으며 운전하는
그게 된다 사람은

조금 먹은 겁이
조금 삼킨 물이
무언가를 틔운다

나는 물이라는 씨앗을 믿지
너의 눈물을 믿고
오히려 물 같은 억겁 앞에서

곡선은 신의 선, 웃는 얼굴엔 곡선뿐이라
그렇다고 우는 얼굴에 눈물이 직선으로 떨어지는 일도 드물어서

밤이면 둥글어지는 눈동자를 하고
낮에는 단추를 만나기 전 단춧구멍 같은 눈동자를 하고

뜯어 먹는 말들
풀벌레 소리 나는 계절처럼
양을 세는 염소처럼

울고 웃는 게 동시에 되다
문득 잠에 드는 사람처럼

죽음을 오랜 잠이라 여기는
깨어나지 못한 슬픔으로 산다

아르간 열매가

사람 얼굴이 열어둔 눈구멍에 꼭 맞는 모양으로 열리면
아르간나무에 오르는 염소들

꿈같은 광경도
현실에서만 볼 수 있다는 걸 잊은 채
양만 세는 너와 나

제 2 부

겨울 들숨 여름 날숨

하나와 마나

쓰레기통 말고 휴지통이요
여러 대화보다 흘러오는 노랫말이
오히려 빈 마음을 알아주는 듯한 혼자만의 시간이요

그러나 이내 여러 사람을 떠올리고 마는
내 부주의가 다시 보게 만든 것들

다시 본다는 건 촌각을 다투는 거예요

직각일 것
모서리일 것
찔리고 아파하기보다
민망할 것

눈을 감고 뛰어가요
눈을 떴을 때 한번에 바로 뜨는 일이 없게

숨이 차요
차고 넘쳐요

장성한 아들, 혼자 걸을 수 없는 아들의 손을 잡고
횡단보도 앞에 선 어머니

보여요?

가을볕에 눈이 부신지
어딘지 모를 곳, 그 너머를
홀로 웅성이며 서 있는 아들
그 앞에 조용히

횡단보도 흰 선이
진밥에 얇고 넓게 퍼진
마른 밥물의 흔적처럼 갈라져 있어요

갈라진 채
빠른 차바퀴를 겪는 중이에요

나는 마침 눈을 떴어요

한번에 떴다고 생각했고

그 모든 걸 스노볼처럼 흔들다가
제자리에 놓았다는 생각

지금은 겨울이죠
덜 마른 머리카락 위로
목도리를 두르고 나온

겨울이 맞겠어요

겨울깃

날개뼈를 갖고 싶다
그건 날개와 분명히 다른 방식

집에 가면 베개 속을 헤집는 사람이 있었다

그 사람을 가리키며
집사람이야, 소개하면
깨는 꿈이었다

아침에는 욕실 바닥에 치약을 흘리고
집에 돌아오면 굳어 있겠지 생각했다

새똥을 맞은 듯 바닥인 채로
적어도 새에게는 바닥일 수 있다는 것

행운이 올 거야
빌어먹을 새는 지금 어디쯤 날고 있는지
이 근처 나무에 앉아 몰래 지켜보고 있을지도 모르지

마중 나와 있는 입
그렇게 단단한 입으로
허공을 가르거나 바닥을 두드리는 건 어떤 기분일까

궁금했던 사람과 대화를 나눌 때
전선 위에 앉아 있는 새 사진을 찍는 게 좋았다

비가 오면
무엇이든 두드리고 보는 비도
조금 더 낮은 곳으로 모였다

어디서 만날래?
물어보면 집에 올 것 같아서
말없이 빗소리를 들었다

휘슬이 울리는 주전자처럼
어떤 온도에 반응하고 싶은데
침 한번 삼키는 것으로 이명을 멈춘다

아무리 생각해도
기다려서 깬 꿈은 단 한번도 없었다

top note

집집이 놓인 과도를 하나씩 훔쳐 와

긴 칼날은 필요 없어
손잡이와 같은 길이면 적당할 것 같아

볕이 잘 들지 않는 바닥에
유자, 라임, 레몬,
오렌지, 자몽, 귤을 쏟고서 주저앉아

가장 보기 좋은 단면을 찾아주자

열매에서 꽃 모양을 볼 수 있는 유일한 방법이야

주어진 방향대로 쪼개진 일상이
하얀 줄들을 벗길 때
손금 읽는 법도 가르쳐줄게

오래 쓴 도마 같은
네 손이 피할 수 없던 악수들

썰리지 않은 환대가 파과처럼 섞여 있다

꿈의 꿈치들

그날 밥상에서 아무도 건드리지 않던 밑반찬, 바위보다 많은 파도를 만난 방파제, 수증기를 달고 사는 욕실 거울, 숨어서 알을 까는 곤충들의 더듬이, 점선을 따라가다 부러뜨린 칼날, 설마와 혹시의 우정, 다른 사람 집에 흘리고 온 머리카락, 힘이 들어간 구두 속 발가락, 공기를 밟고 올라서다 넘어지는 취객의 목소리, 언덕 위의 반지하, 평일 은행원의 시재

일장일단 일장일이

잔치국수의 온도를 따라잡을 수 없다
식어가는 것에도 시간이라는 이유가 있듯이

플라스틱 의자와 소주잔
코팅된 메뉴판에 남겨진 초장과 간장 자국
이런저런 것에 자꾸 맥을 짚는 버릇은 주사(酒邪)가 아니다

소주병을 흔들자 가운데로 모여드는 회오리
무엇이든 공간이 생기면 중심을 찾아간다

언니, 화장실 안 갈래?
일행을 따라 도착한 공원 화장실

쉬는 시간 친구와 함께 들어선 학교 화장실에는
덜 마른 대걸레가 벽에 머리를 기댄 채 서 있었다

왜 그렇게 서 있어?
물어볼 수 없게

사람 아닌 상태가 언제나 좋아 보였다

누가 있는 줄 알면서 노크하는 사람
일행은 그저 조용히 기다린다

거울 뒤에 보이는 저거
저렇게 큰 캐리어가 왜 여기에 있을까

내내 문이 닫혀 있던 한칸
'사용 중'이라는 글씨를 두고 나오면서

이제 내가 연락하는 사람은 오빠 말고 언니밖에 없어
다가와 팔짱을 끼며 말하는 일행의 얼굴에
'청소도구함' 다섯 글자를 붙여보다가
자리로 돌아와 얼굴 없이 누워 있는 삼치를 살핀다

생선처럼 바늘 같은 뼈를 갖고 싶진 않았는데

돌아가는 택시 안

정차하는 순간마다

시동이 걸려 있다는 이유만으로
금액이 오르는 미터기를 지켜본다

표정이 삼킨 얼굴을 봤다면
내가 나를 보고 무엇이든 지나쳤다면

외따로이

강아지아강
고양이양고
개애개애개
인간은인간

더 많은 정보를 얻고 싶어요
누구나 그렇구나 하는 사실 같은 거요

정말 많이 좋아했어요
지금은 아닌 것처럼 말하고

정말 많이 좋아해요
영원히 그럴 것처럼 듣고 있죠?

풀의 입장에서
뜰은

뜰의 입장에서
풀은

흔들리죠 북적거리고 또 우리가
무슨 이야기를 나눌 수 있을까요

가끔씩 이런 이벤트로 감동을 줄게요
좀처럼 깊어지지 않는 생각
헤엄치지 않는 꿈

어제 꿈에서 왜 그랬어?
영문도 모르고 사과하려는 그대에게
일어나 현실을 부둥켜안는 목소리를

줄게요
들려줄 수 없다면
두들겨줄게요

잎을 먹는 벌레
벌레를 먹는 잎

전환되는 구조
그런 관계에서

우리 모두 쏟아지는 비가 될 것도
지금은 알고 싶어요

유익하죠 인간은
모든 이야기 끝까지 도달할 수 없다는 점에서

저기 고독의 최전선에도
간간이 인간만 죽으려 하니까

섬포도

가까운 사람에겐 침묵으로 반항하는 편이에요
그대로 있는 것에 반응하는 움직임을 믿으니까
걔네 부모님은 아파트에 색칠하는 일을 한대요
손수 하는 건 아닌데 아무튼 그렇대요
궁금하지도 않은 걸 알려주고
벽에 시계를 거는 건
예술과 사형의 기원이라고
포도씨가 말했습니다
많은 것이 한꺼번에 열리면
한알 한알 씹지 말고 삼키라고
어디에서 다시 열릴지 알고 있다면
주광색 형광등을 켜달라고 부탁했는데
그늘진 구석이 없는 곳에서
팔의 너비로 시간을 재고 있으면
시키지 않아도 자꾸 박수가 나옵니다
와인병을 막고 있는 코르크 마개를 뽑듯이
깊이라고 말할 수 있는 일들에 관해서
기념하는 습관을 들이고 싶어요
처음 가본 동네 어느 길을 돌아

아파트 동과 동 사이
그 틈으로 들어온 해를 보고도
설명하지 못한 낮이 있었습니다
손바닥이 손바닥을 찾지 않고
마주 보는 외벽에서
이어지는 숫자를 발견했을 때
생각할 수 있는 경우의 수가 있는지
먼 사람에게 우연히 닿기 위해서
매일 어떤 자세로 아침을 돌려받았는지
그런 이야기를 나눌 방법이 있었다면
엄지를 갖다 댈 만큼 적당한 포도 껍질을
하나도 남기지 않았다면
아무것도 모를 땐 층을 세요
그 길로 곧장 나가면 되는 길을 걸어요
그때그때 치워야 하는 여름을 생각해요

향미증진제

이 기록은 기억과 일치하는지

읽으며 돌아오는 기억이
말리지 못한 젖은 몸 같은지

지금 이 시간의 내리쬐기

기억의 맨살이 따가워질 때쯤
기분을 억지로 걸치는 대낮

그 대낮부터 그 생각을 했단 말이죠?

어떤 날 뿌린 향수는 따갑고
어떤 날 바른 로션은 미끄럽다

그 어떤 것에도 작용하지 않을
어떤 날인 양 살아가고 있지만

더운 공기와 함께 퍼지는 아스팔트 냄새

찌꺼기로 빚어낸 거리에서

뛰지 않고도 넘어지는 상상을 한다
뛰지도 않고 몰아쉬는 숨 같은 몸

퍼뜨리는 재주 하나 타고난 몸에
해가 들었다 진다

무엇도 수놓지 않은 밤이
씨앗 심긴 토양을 껴안고 간다

후무사 자두

너무 기쁘거나 슬픈 날엔, 그래서 더 경황이 없는 날엔, 그렇게 되기로 모두가 합의한 듯한 어느 날엔 보고 싶은 사람과 보기 싫은 사람을 동시에 봐야 합니다. 방금까지 꿈속에서는 그런 날, 그런 날이었습니다.

수중에는 핸드폰이, 핸드폰에는 막 도착한 생일 쿠폰이 있었습니다. 낯익은 행인이 첫째도 자두라 했고, 둘째도 셋째도 자두라 했습니다. 누구라도 들으라는 식으로 떠드는 것 같았는데. 미쳐 있는 것 같았는데. 어느 한곳도 제대로 응시하지 않고 두리번거리며 서성대고 있었는데. 저를 지날 때 아주 작고 낮은 목소리로 말했습니다. 자두를 보고 하트를 떠올리는 건 너무 쉬워. 그래도 쉬운 걸 해야겠지.

쿠폰을 써야 했습니다. 쿠폰 하나면 되는지, 쿠폰 하나에 돈이 더 필요한지, 어떤 상황이든 그곳에 발을 들이라고 누군가 제게 보내준 것일 테니 가야 했습니다.

후무사는 절이 아니다. 알고 있어요. 오지랖 넓은 또다른 행인을 향해 단호하게 말했지만 꿈에선 있을 것 같았죠. 후무사라는 절에서 자두를 출하하는 일이 정말로 있을 것 같았어요. 그 순간 잠꼬대를 하고 있었을까요. 누워서 눈을 감고 떠들던 현실에 잠시 다녀왔을까요.

자주 꾸는 꿈이 있어요. 그 꿈에서도 저는 첫째고 동생들이 있어요. 혼자 자란 친구는 동생 있는 첫째들의 유세가 대단하다 했습니다. 첫째의 성취는 양보일까요. 어른들은 그렇다는데. 동생들 몰래 나중에 혼자 먹을 아이스크림을 냉동고 깊숙이 숨겼습니다. 죄송합니다. 하지만 동생들이라면 어떻게든 찾아낼 거예요. 그렇게 되면 제 욕심은 죄로 남지 않게 되나요. 분명 누군가에게 물었던 것 같은데. 꿈속에 제가 처음 보는 얼굴로 얼어 있는 저를 보고 신처럼 흐뭇하게 웃으며 말했어요. 네가 너를 안아주면 알게 될 거야. 진짜 단단한 마음과 바짝 얼어 있는 마음이 다르다는 걸.

아는 사람은 다 아는 자두 모양을 하고서. 손에 들고 한입 베어 물면 손목을 타고 흐르는 간지러움이 끈적일 때까지. 저는 제게 남은 이 느낌을 살려야 해요. 그래서 눈뜨자마자 편지를 씁니다. 매년 후무사에선 하트 닮은 자두를 한 손에 하나 쥐기도 벅찬 크기로 키우기 위해 애씁니다.

이 편지는 후무사에서 최초로 시작되어 일년에 한바퀴 돌면서 받는 사람에게 사랑을 주었습니다. 저는 지난여름 후무사 자두를 받았습니다. 그 자두를 직접 받아 들기 전까지 알 수 없던 것들이 있었죠. 당신에게도 그런 것들이 분명히 있을 거라는 믿음으로 제가 못 쓴 쿠폰을 함께 넣어 보내요. 사람인지 사랑인지 계속 태어난다는 조건으로 받은 쿠폰이에요.

후무사에서 만나요. 우리는 고만고만한 손을 가지고 있어서로 알아보기 쉬울 거예요.

구근류

한국형 신파가 있다
내가 너보다 내가 너보다
내 슬픔의 맥락은 무 마
당근 우엉 연근 그 뿌리가 어디 가니
감자와 고구마를 한알씩 센다
가격은 무게로 재는데
한쪽에는 단으로 묶인 대파
망에 담긴 양파
깐 마늘과 깐 생강
숨이 죽은 콩나물
콩은 힘들다 콩은 힘들다
술 취한 아빠가 혼잣말을 하면서도 몰래
책과 함께 콩나무를 키웠으면
밥알이 엉겨 붙은 콩을 젓가락으로 들어 올린다
왜 이것을 던지지 못했지?
거인을 재우고 싶다
가보지 않은
영국을 안다
비가 자주 오는 나라

잭을 안다
늙은 소와 작은 콩의 가치
쓸데없이 아는 것만 많아서
내가 나를 털어낼 땐
마른 손이 필요하다
살살 우르르 캐야 한다
무엇이든 죽이고 싶지 않다

불릿의 시

아빠의 엄마는 머릿속이 온통 온점이었다
뇌 하나가 시꺼먼 온점이 될 때까지 살았다

엄마의 엄마는 조금 더 오래 살았다
무릎이 얼굴을 볼 때까지

번지고 굽어가는 게
덜 마른 옷을 입은 채 스스로 체취를 맡는 게
인생 같았다

구르지 않는 시간이었다

무슨 생각 해
무슨 생각 하냐고

응, 아니, 세월이 깊어

조금 더 힘줘서 소리 내면 될 것을
기뻐도 될 것을

누워 있던 할머니와
굽어 있던 할머니 사이에서 태어나
나는 아직 남들처럼 걷고 있다

멀리 보면 오래는 아닌 것이
누구에게나 있다니

자식들 생각해서 가셨다는 말과
함께 남아 있었다

휑뎅하지만 다정한
외풍 드는 창가 커튼처럼

가끔 자는 엄마 코끝에 손을 얼쩡거리며 아빠를 생각한다

이 정도 바람이 좋은 것 같다
삶에 말을 건다

회문(回文)공작소

엄마는 핑킹가위를 사주지 않았다 옆 짝꿍이 가위질 한번에 여러계단을 쌓아 올리는 동안

나는 계단을 헛딛는 상상을 하면서 가위질을 배웠다 지그재그 들쑥날쑥, 기러기와 토마토 같은 단어를 생각하면서

마음 한쪽에 빛이 들어도 다른 한쪽에 그늘이 진다는 사람 앞에서 양면 색종이 한장을 집어 들고 무엇이든 접어 보이는 연습

검정을 뒤집으면 주황색 같은 살갗과 빨간 피부터 보이는 뒷면도 있었지만 나는 딱지 같은 검정을 매만지면서

전면이라는 말을 배웠다 그때부터 모든 전면전에는 기억할 만한 어둠이 있음을, 꿈자리에 풀을 바르고 일어서면 따라붙는 간밤의 기억들

엄마는 핑킹가위를 사주지 않았다 쓰다 남은 풀들만 늘어났고 어느 순간부터 야맹증을 앓았다 전면 승부는 밤에 시

작되는데

낮에 만난 친구들은 계단 옆에 난간이라도 세워보라 했다 그런 난관쯤이야 나는 기어서라도 오를 거야 생각했으니까

나는 무언가 세워 올리는 상상을 하지 못했다 계단은 오르는 것 계단은 오르는 것

어느 날 다시 가위를 들고 잠에 들었을 때 문을 열고 지하실 계단에서 구르는 꿈을 꾼다

온몸을 계단이 두드린 순간, 엄마는 키가 클 거라 했다

구분 짓기

접시 뒷면도 깨끗이 닦았어?

오늘따라 이상하게 그런 소리가 듣고 싶더라
장판에 끌리는 낮은 밥상 소리

그거 자명종 소리랑 비슷하다,
말하려면 이제 자명종까지 설명해야 돼
오래 살면 그런 게 외롭겠지

무르익기
무르기

기대하는 미래와
기대되지 않는 미래를
그렇게 부르려고

또 한번 페름기가 온다면
그 뒤 인간은 지금보다 작게 태어날까

난쟁이라는 말까지 다 절멸된 시대에
더 커질 수도 작아질 수도 없는 상태로
쌀 한톨 도정하는 데 평생을 바치는 인간

그쯤 되면 지니 되니
한톨이면 그런 거 안 따져도 괜찮으니

어쨌든 이번에도 첫번째 쌀뜨물은 쓸 수 없다

언뜻 보면 거품이 가라앉은 비눗물 같은데
다르다 다른 것이다

사실 지켜보지 않고선 모든 게 모를 일

그런데 인간은 생각보다 구분을 잘한다
남은 미래를 끊임없이 조각낼 만큼

쌀눈 없는 쌀알들
소화가 빠른 편이다

0의 분포

#DIV/0! 오류 해결 방법은 간단하다
비어 있는 셀을 찾는 것이다

가장 먼저 해야 하는 건
비어 있지 않아야 하는 셀과
비어 있어도 되는 셀을 구분하는 일

그마저도 일이라 모든 숫자를 지웠는데
보이지 않는 0이 잔뜩 남았다

엑셀과 맑은고딕
이 말을 고전 제목처럼 놓고

시를 썼다
데이터 벌집을 드나드는 맑은고딕 떼처럼
세상 반듯한 글자로 조건부 서식을 적용한 시

영이랑 빵이랑 공이랑 걸었다
하품하는 입 모양을 봤다

그 이전에

여러번 필기체로 공책을 망하게 했다
그렇게 쓰인 것으로는 만족 못했고
그렇게 쓰인 것치고는 다 넘겨졌다

누구에게 빌려줄 생각이었다면
말 없는 마음을 함부로 받아 적지 않았을 것이다

아무에게도 들키고 싶지 않은 마음 중에 가장 기쁜 마음이 있어
기쁜 만큼 슬퍼질 거라는 마음

방대한 데이터, 방대한 데이터가 필요해
'방대한'이 한 사람 이름으로 보일 때까지

시를 썼다
VLOOKUP 함수를 쓴 시

#N/A

#REF!

#NUM!

#NULL!

#NAME?

#VALUE!

#######

오류 무시(I)

유형성숙

1. 익명의 가마우지는 콧구멍 없이 태어난 이유를 알고 있습니다.

2. 익명의 블롭피시는 심해에서만 외모가 빛나는 이유를 알고 있습니다.

3. 익명의 일각고래는 대체로 어둠 속에서 지내야 하는 이유를 알고 있습니다.

4. 익명의 아이벡스는 긴 뿔이 자신의 등을 향해 자라나는 이유를 알고 있습니다.

5. 개별적으로 초대하지 않은 사용자가 파일을 보고 있습니다.

다음 밑줄에 들어갈 말을 서술하시오.

익명의 아홀로틀은 타고난 신체 회복 능력 때문에

______________________________________.

중요한 내용이라 밑줄을 그었습니다.

제 3 부

어둠과 환복

dayglow

수업을 듣던 아이가 손톱에 형광펜을 칠하고 있다
그 옆에는 이응을 크게 쓰는 아이

필기를 하다가 진도를 놓치고 마는 아이들이
미래에도 있을까

너는 그중 한 아이의 이름을
아는 만큼 크게 부르려고 한다

현관 앞으로 달려가 짖기 시작하는 개를 뒤따라
졸린 눈을 비비며 일어나는 휴일 대낮의 얼굴로
꿈을 꿔줘서 고맙다는 말을 듣는다

천천히 내려앉는 먼지같이
무연히 쌓이는 어느 인기척 속에서
무언가 길어질 때 만나

돌아가는 길에
가방 안에 필통 안에 들썩이던

작은 지우개의 춤과 함께

자국도 번짐도 없이 어둠은 너에게
또 같은 부탁을 한다

포트홀

물이 닿는 모든 자리가 깨끗해지진 않는다
지하철도 지하로만 다니지 않고
잔뜩 취한 사람 옆에서
꽤 오래 문이 열려 있던
냉장고 냄새와 비슷한 냄새를 맡는다
이 감정은 상온에 보관해야 한다
바닥으로 더 들어가는 바닥과 빗물
작은 웅덩이를 피해 걷는 사람들
앞서가는 뒷모습이 즐거워 보인다
어떻게 걸어도 발이 다 젖는 날
줄눈같이 살아남아 물때가 낀다
분홍색 형광펜을 제 몸에 그은 듯
죄다 중요한 사람들
중요하지 않은 게 없어서
더욱 중요해지려는
미끌거림들

아몬과 마몬

명치 위, 목덜미, 닫힌 지갑과 가방, 허리춤,
바짓가랑이에 머뭇거리는
손짓들, 이곳 사람들의 인사말

단추를 달자
지퍼를 달자
이곳의 구호로 무엇을 응원할 수 있을까

그곳의 장마철
이곳 사람들은 비라는 말을 쓰지 않아

여미고 추스르는 사이
이곳에 물춤이 피어나는 계절이 왔다

아주 보관하는 사람이 생기면
밤의 수풀에 그림자를 뿌리는 사람들을 따라서

한때 아주 보관하던
올빼미의 머리, 늑대의 몸, 뱀의 꼬리를 숨긴 채

자주 불을 내뿜던 그, 그, 그

근성들
칸막이식 환상

액자를 안고 걸어간다
더 나뉘지 않는 순간으로

그나마 심포니

난 말이야
연기가 뻗는 방향,

희미한 곡선 끝에 아무런 영향도 받지 않은 듯한 허공까지
제자리뛰기를 반복하며 쿵쿵거리기 좋아하는
진짜가 아냐

재를 뚝뚝 떨어뜨리는 향처럼
대화가 끊기는 길이를 하나하나 재지 않아

대신 그 모든 변주가 흐르는 꿈속에서
오래된 돔과 첨탑의 옆면을 날아다니며 팽이 줄을 감는
징역을 산다

몸의 얇은 부분들과 마찬가지로
으레 골목같이 좁은 오늘을 보내다가도

머리와 목, 손과 팔, 발과 다리
중요한 것들을 잇고 있다 믿어야 된대

그렇게 가늘고 유연한 게 정말 나일까

준비운동 할 때 손을 올려 허리를 돌리듯
어느 방향으로든 기억을 살려 보낸다

누구도 구원하지 못할 나
그렇지만 제일 가느다란 나

아무렇지 않게 긋고 나온
밤의 밑줄을 들어 지휘봉으로 써줘

이곳의 바람이 바닥을 간지럽히고
그림자를 웃게 만든다

이달의 토핑

보름달 뜨는 주간
밤이라는 화덕 속에
당신이 원하던 한판이 있습니다

아주 큰 멍이 빠질 때
그 둘레로 번지는
노란 거
노란 시

먹다 남은 핸들의 조각들

잠깐만 잠깐
차 돌리지 마세요
아이들이 놀고 있어요

바로 여기서
방금까지 시동이 걸렸던 차를 찾는 고양이가
눈 덮인 아스팔트를 천천히 깨우는 동안

상자 속 귤과 귤이 무를 만큼
긴 실온을 겪으며 앉아 있던
당신 한 사람의 뿌리돌리기

심지 못한 손으로 빌어야 하는 소원들
바짝 잘라낸 손톱을 하나씩 모아
휴지 한칸에 올렸습니다

가만 나만 다만

걸으면 죽은 것들이 보였다
밤에는 그 길로 돌아가
하나씩 묻어주었다

드러나지 않은 땅이
새로 파이고 평평해졌다

사람은 흙이 될 수도
흙을 더 받아들일 수도 있다

흙으로 가득 채운 공간에
자갈을 찔러 넣는 방식으로
살아가는 사람도 있다

지금 이 기쁨은
젖은 모래가 마르는 시간
털어도 털어도

또다른 모양의 모래시계가 만들어졌을 때

너와 나 조금 잘록한 부분을
허리라 생각하는 습관을 버릴 수 있었다

허리가 끊어질 듯한
하나의 종말

하나하나의 분열과 생장
세포화되는 인간들이 좋았다

어떤 기쁨은

해가 쨍쨍한 날
고개를 숙이고 걷던 이에게
말라 죽은 지렁이를 보여준다

해를 피해 가던 순간에도
눈살을 찌푸리게 한다

비록 눈살은 찌푸렸지만
지렁이의 이로움엔 유감이 없는 사람

그럼에도 그 사람이
스스로 눈살을 찌푸린 이유에 대해 생각할지

어떤 기쁨은 알 수 없다

눈이 부시다는 이유로
좋은 게 좋은 거라는 이유로

어떤 슬픔이 꿈틀거리는지
너무 환한 날에 멀어지는지

실키

가지고 있는 옷 중에
가장 말끔한 옷을 입고 나왔다는 느낌은
있지, 그건 단정한 거야
세련된 거라고 말할 순 없어
그러니까 아, 아니다

수평이 안 맞는 바닥 위에 놓인 줄 알면서
빨랫감을 가득 넣고
모른 척하다가

몇분 안 남았을 때
탈수 중인 세탁기 앞에 가서
덜컹대지 않게 몸을 받치고 기다릴 사람

세상엔 하지 말아야 할 짓을 해서 벌 받는 사람도 있고
하지 말아야 할 짓을 하지 않았다고 자랑할 사람도 있는데
너는 네가 어떤 짓을 해도 소용없다 느끼니까

말한다고 달라질 게 없겠지만

힘에 부치면 말해
고르고 고르는 게 슬프면 말해

강아지가 작은 공을 입에 물고 오듯
생활이 물고 온 말들을 몇번이고
적당한 거리에 던져줄게

많은 것 중에
사람을 잘 보는 사람

네가 반복하는 만큼
세상은 침이 묻고 단정해진다

웃옷

그냥 모양만 봐
나란히 팔 벌리고 서 있는 두 사람 같지?

웃옷 같은 사람들이
좌우로 나란히
좌우로 나란히

웃옷웃옷웃옷웃옷웃옷
웃옷웃옷웃옷웃옷웃옷
웃옷웃옷웃옷웃옷웃옷
웃옷웃옷웃옷웃옷웃옷
웃옷웃옷웃옷웃옷웃옷

몇벌의 질서를 지켜야만
팔벌려뛰기를 시작할 수 있을까

웃옷 같은 사람들이
마음 한복판에 모여 있어

내리지 못하는 팔과
모으지 못하는 발과
계속해서 걸쳐지는 기분으로 서 있어

오늘도 입을 사람이 없니?
네가 물었어

나는 다시
웃옷
그냥 모양만 봐

달려가는 두 사람의 옆모습 같아
손을 잡고 달려가는 사람들 같아

깍두기공책

태어난 걸 축하해. 아무도 없을 때 홀로 어느 방바닥과 천장을 쓸고 돌아다니던 냉장고 소리가 너의 전생이었단다. 믿기 싫다면 믿지 않아도 돼. 믿지 않아도 너는 계속돼. 이생에서 너는 무엇이든 될 수 있어. 원한다면 인간이 될 수도 있어. 인간이 되면 가장 먼저 터널에 가봐. 어려운 시기를 통과한 이에게 긴 터널을 빠져나오느라 고생했다고 말하던 시절이 있었대. 요즘 터널은 그때보다 밝은데. 밝아도 여전히 무너질까 두려운 인간들이 그 속에 남아 있다. 그 광경을 보면 너도 조금은 안심하지 않을까. 같은 인간이 만든 것을 전부 믿지 않는 마음. 다 뺏기지 않은 마음에서 시작된 사랑이 덤불을 이룰 때. 조금 더 함께하려고 뿌리째 힘껏 주먹을 쥔 나무와 서로 손을 뻗고 깍지를 낀 채 자라난 나무들 사이에서 숲의 손등 위를 거니는 기분을 느껴보는 거야. 마침내 긴 터널을 빠져나온 지구의 기분을.

생육 조사

옥상에서 자란 나무
지나친 존칭이 좋아
문장에 '시'를 많이 넣는 사람

정말 이동하시겠어요?
입력하신 내용이 모두 삭제됩니다

시간이라는 창이 자꾸 열린다
다시 보지 않음

비상시 유사시 필요시 평상시
이 시는 어떤 시에 가깝나

가까운 것일 뿐
같지는 않아
완벽히 겹쳐지지 않을

구름이 뭉쳤다 흩어진다
지켜보면 흐른다

흐르는 기분에는
언젠가 당신 발도 섞여 있지

약간의 아치가 살아난 발
조금 더 오래 걸을 수 있는 발

저 위에선 발이 전부다

디디는 기분에는 무엇이 빠져 있어
이토록 뚜벅이는 슬픔을 만들었나

콜로라마

하늘색은 하나가 아니다
살색도 마찬가지

저마다 난색을 표하는 세상을 어디까지 사랑할 수 있을까

따뜻한 색을 뜻하는 난색도
보기에만 따뜻한 것일 수도

그럼 무엇이 따뜻해요?

가나다라와 가느다란의 차이
글자와 말의 차이

더 알게 된 만큼 천 같은 글을 쓰렴
같은 글을 쓰고 덮고 입고 걸치고 싸매고 두르렴

같은 공간에 있어도
누구는 춥고 누구는 더워
같은 걸 받는다고 공평해지지 않아

껴입고 헐벗는 일
무겁고 부끄러워지는 일을 반복하렴

테라포밍

너는 숨 한번에 어떤 생각을 얼마나
흘려보낼 수 있는 사람일까

모든 우연이 겹쳤다

우연이겠지
의식하는 순간 운명이 멈춰

이제 잘 모르겠는 사랑을 하려고
수소문 끝에 찾은 굴절들

망울, 몽우리, 봉오리
꽃이라는 말을 달지 않아도
발음한 모든 게 열릴 듯한 이맘때

흐드러지게 벌어진 고백 후
결과적으로 살았다는 이야기를 나눈다

매일 조금씩 닮아가는 물건과 안도감

마음이 또다른 태양계
유일한 고리 행성처럼 움직인다

제 4 부

잠든 사람과의 통화

에스키스

벨벳 천을 여러 방향으로 쓰다듬는다
빛이 닿는 족족 얼룩처럼 보이는 무언가

결이 있고 부드러움이 있고
잘 눕는 방향이 아니면
자꾸 헝클어지는 내가 있다

어젯밤 잠꼬대 속에는 아무런 악의가 없었다
같은 자리의 살집만 꼬집는 꿈에서 깨어났을 뿐

영정 속에서
말없이 다물었던 입을 떼는 문상객
그 순간 그의 입술을 보고
그것만큼 붉은 것을 본 적 있는지 되짚어봤을 뿐

급하게 뜬 육개장
그릇엔 숨이 죽은 파가 걸려 있었고
숟가락으로 파를
그릇 안에 밀어 넣으며

속으로
자꾸만 소화하는 나를 허기라고 믿었다

불 꺼진 방에서 벨벳 천을 가만히 쓰다듬을 때
빠져가는 멍의 가장자리를 닮아 옅게 번져가는 달빛

고민을 벗어난 고민은
이제 어떤 것도 훔쳐보지 못한다

타공

이 날개로는 날 수 없다,
말하는 사이
깃털이 빠져 깃털이 나네

얼마간 그런 비행
수비만 해서 이겨내려던 삶이 있었다

바깥에 눈을 돌리는 젊음
안으로 입을 삐죽이는 늙음

모두가 모두를 억울하게 할 때

그사이 뚫린 기억 하나가 찌그러진 공으로
센 발길질을 기다렸다

일말

그 일대로 잡아볼게요
곧 보실 거예요

너무 무서우면 돌아와도 된다
죽은 사람에게 말 걸었으니까

없지만 있지만 없다
아주 연말에 보자 그럼

이러면 더 좋아할 것 같다
죽은 사람이 말했으니까

소개팅하실래요?
그냥 즐거운 친구는 될 수 있을 거예요

그날 하루는
필히 붙어 계세요
그래 거기

그 일대에 잘하는 집 있거든요
줄 서기 싫은 사람이
어쩌다 발견한

산 사람은 살아야죠
산 사람은

저는 바쁜 사람이 곧 나쁜 사람인 세상에서 왔어요
착하다는 게 뭔지 알려주려고

우리가 잘 어울릴 수 없어
결국엔 좋은 사람이 됐다는 사실을 알려주려고

가게마다 다른 배경음악 다른 냄새
상가 많은 거리를 걸어갈 때

그런 느낌일지 모르죠
사람이라는 건

조금 누비고
계속 듣고 계속 맡는
구멍을 가졌다는 건

너의 전제는 이렇다

고만해라든가
구만해라든가

그만해를 자기 식으로 둥글려 말하기

사랑스러운 구어체

소리 내어 읽다가
누군가에게 넘겨주기

잎사귀 떨어진 한그루
나무가 커다란 잎맥 같아 보일 때

보이지 않는 불이
매캐한 구름을 일으키고

그와 같은 실연이
코를 찌르지 않고 떠밀릴 때도

너의 무표정 그 능선을 타고
눈물은 흐를 수 있었다

너의 전체는 이렇다

중간에 쓰러져
쓰러뜨린 많은 것들

도미노, 도미누스, 도미나 같은 말을 버리고

어떤 도메인명을 등록할까
고민하다 한/영 키 눌러 습관적으로 친 이름

그 이름 읽어내려고
움직이던 누군가의 손끝

이응 자리가 유독 닳아 있다

너의 천체는 이렇다

한 아이의 손끝

수수깡과 이쑤시개로 만든 집
실로폰 채 끝에 그려 넣은 얼굴

돔과 같은 마음
둥근 천장을 향해 던지는 공

직선으로 뻗지 않고
허공을 하산하는 중력

동굴영원

가만히 누워 맨발로 두서없이 움직여보는 발가락
날아갈 수 없는 기분이지만 버둥거리지 않는 기분
어렴풋하게 꿈에서 했던 말을 읊조린다

아쉬워할 사람이 하나 생기고
그리워할 사람이 하나 생긴다
그게 누구의 감정인지 모르고

불현듯 어떤 경우에도
접근성을 고려한 무의식은 없다

아는 사람들이 나오고
잇따른 감각이 나를 물리치던 꿈에도

걷기 편한 신발을 신어도
바닥을 탐구하고 있었다

기도에 빠지지 않는 내용
이럴 때만 찾아서 죄송합니다

죄송할 일을 만들면 믿음이 생겼다

구석을 내밀면

잔술집을 아십니까
낱잔을 믿으시나요
떼인 돈
사람 찾기
어떠한 규칙도 배열도 없이
자꾸만 포개지는 기분들

고통은 기분이 아닙니다
이 말에 대해선 어떻게 생각하십니까
생각을 묻는 게 아니라 생각하는 방법을 묻는 겁니다

무더기라는 단어를 적어두신 것 같은데
간밤에
흩어지던 꿈속에는 어떤 밤의 밑면이
별로입니다 나는 그 사람이
그 사람은 구석의 감각을 모르거든요
항상 그게 전부거든요

사랑하는 사람이 죽을까

이번에도
어쩌지 하는 기분

구석은 밤과 다른데
밤의 흉내를 낼 뿐이지만
그렇게 큰 손으로는 닿을 수 없는데
그래서 그 사람도 나를 별로

좋아할 수 없습니다
축하할 수 없습니다

대폿집이 줄지어 선 골목
세탁소 한곳을 지나치면서
빠지지 않으면 어떡하나

나의 걱정은 이토록 사소하고 꾸준합니다

같은 냄새를 너무 오래 맡으면
저렇게 오래 널려 있으면

어떤 기분을 갖게 될까요

자욱한 기분을 갖고 싶습니다
빠지지 않는 고기 냄새
모두 코를 막고 제 옆을 지나가세요

먼지와 함께 엉켜 있는 머리카락 아래
백원 미만의 동전들
밀린 청소

떨어뜨린 건 손의 잘못
굴러가는 건 모양의 잘못
다시 찾은 기분보다는 새로 생긴 기분

축복도 예언의 한 축인데
이참에 예언가가 되어보는 건 어떤지
더 물을 게 없을 때도 대답할 수 있습니다

가난은 진분홍색

벗겨진 살색

생활감은 구석을 만들고
구석을 내밀면
고양이가 한쪽 발을 듭니다

전혀 다른 길로 걸어가서
영영 돌아오지 않습니다

루미노그램

집에 와서 바로 잘 수 있는 일을 해요
어제오늘 그런 일을 했어요
무심한 일을 했어요
엄청과 무척을 했어요
모처럼 밤 산책을 하던 날
멈춰 있는 버스에서 큰소리가 났어요
다 왔다고요! 다 왔다고요!
고요라는 말에 점점 힘이 실렸어요
지나가면서 힐끔 봤어요
바닥에 치댄 듯한 반죽처럼
한 사람이 퍼져 있었어요
다시 모른 척 지나가는데
유행하는 노래가 들렸어요
유행을 몰라도 자주 들리고
자주 보이면 유행인 줄 알아요
하루하루가 그래요
요즘은 이런 하루가 유행이라서
모르는 척 세련된 느낌만 줘요
사랑은 됐고요

미움은 안 받고 싶어
눈치껏 조용하게 살아요
멀미를 견디려고 자요
아주 조금씩 흔들려요
흔들리는 느낌은 씩씩한 느낌일까요
사람이 막 내린 그네처럼요
덜 외로워 보여요
그냥 서 있는 그네보다
더 외로워 보여요

디디스커스

낱낱이 꽃을 밝히는 꽃과
그 아래 줄기를 봐요

줄기가 무르면 한번씩 자르면 돼요
사선으로 비스듬히

끝이 날 걸 알지만 오래 보고 싶거든
그렇게 하세요

한 줄기 한 줄기 다발로 묶이는 절화 가운데
우산처럼 펼쳐진 디디스커스는
당근꽃과 미나리꽃을 닮았어요

어떤 죄는 뒤집힌 우산 같고요
애초에 한방울도 안 맞을 순 없어요

바람 만난 비처럼 분주하게
사선으로 비스듬히

뒤집힌 우산 아래
사람을 봐요

우산과 함께 흔들리는
줄기 같은 사람을

우양산

눈물이 나면 물을 마시는 사람처럼
빗물이 바다에 간다

이 모든 빗물, 이제는 바다로 덮일
세계를 살아갈 사람에게
뜨거워지는 지구와 바람을 주려는 신

아주 뜨거워지지 못하는 마음은
바람 없이 멀리 가지 못한다

신도 그걸 알았다는 듯이 고개를 끄덕인다
신의 정면엔 내가 있을까

나를 돌아보게 하는 거울은
시간보다 덜 깨진 그림으로 남는다

비의 입장에서 눈물은
가끔 비일까

비도 사람 비슷한 눈에서 흐르고 싶을까

밀양

유래는 다 두드리고 찾자
소원도 마찬가지

만어사
그 작은 절에
볼 게 있어요?

택시 기사의 물음에 답한다
돌이요, 돌 보려고요

비탈 만난 물고기가
돌이 되어 종소리를 내는 곳
그렇지만 두드려야 알지

소원 들어주는 돌은
들리지 않아야 한다

가득한 빛 속에서
밀집된 자신을 느껴요

그날 저는 들었답니다
돌과 돌을 두드리는 소리

가는 눈의 부처님
저도 그렇게 눈 뜰 때 많아요

가까운 사람을 의심할 때
동전의 옆면만큼 행복을 받아들여요

겁이 많아
암초에 숨은 물고기마냥 돌 틈에 끼인 발만
간신히 빼낼 수 있었다

돌 같은 색감의 승복을 입은 스님이
사뿐히 돌 위를 거닐었다

사람들이 사람들을 두드리며
유래 없는 소원에 노크하고 기다렸다

스톰 체이서

좌판 위로 가득 쌓아 올린 꽈배기와 찹쌀도넛

바람은 그 모든 모양새를 망치고
햇살은 무색해지지 않으려 설탕을 녹이고
나는 그런 모양으로 있는 것들이 좋다

졸음을 가누지 못하는 앞사람의 긴 머리카락을 보다가
버스 유리창 실금으로 파고드는 햇빛을 보다가
무지개를 보는 일

빗금의 속도로 무지개가 새겨진다면

제 방향으로 틀어지다가
아무것도 없는 이 세계에 도착해
아무 일이나 만드는 사람들을 좋아할 수도 있을 것이다

여러 각도로 떨어지는 손금들

자주 주먹을 쥐었다 펴면

선명한 무지개를 볼 수 있을까

지독한 바람에겐 이름이 붙듯이
지나가는 나를 불러 세우고 싶을 때

사람들이 쉴 새 없이 걸어오는 길에서
동물과 가축, 짐승의 시선을 기다린다

그 어떤 눈도 해를 똑바로 볼 수 없으니
감은 눈 속에 금붕어를 가득 채운다

볕이 좋은 날에는
그림자도 방향을 굳힌 채

몇뼘은 더 가서 기다린다

나의 단축어 생성

도둑의 까치발, 무용수의 를르베, 말없이, 말이 필요 없이, 조사 없이, 띄어쓰기 없이, 붙였다가 도로 떼는 연습, 이도 저도 안 된다면 그냥 평범한 걸음으로, 걸음의 수를 세면서 대화를 나눠보세요.

채소, 과일, 고기, 같은 가격이면 고기를 사지, 그런 선택, 어쩔 수 없음, 열량 계산, 열량의 단위로서, 순수한 욕심의 온도를 끌어올릴 수 있습니까.

한도와 약정 중 하나를 반드시 늘려야 한다면 어떤 것을 선택하겠습니까. 선택의 이유를 서술하시오. (5점)

별점, 다섯개 만점에 몇개, 주인공이 죽지 않는 전쟁 영화, 내가 필요하지 않은 검색어가 예상 검색어로 추천될 수도 있습니다. 또한 예상 검색어는 내 검색어에 대한 다른 사용자나 전범자의 진술이 아닙니다.

동물, 식물, 자연스럽게, 그런 표현도 참 인간적으로, 필요 이상으로 많이, 세상과 타향, 감옥에도 살이, 두 글자를 붙이면서, 백업하시겠습니까.

알림센터. 계절이라는 여벌의 옷이 있습니다.

사복 허용, 음주는 제발 사복을 입고, 귀하의 이름을 제외하고, 다른 말이 적힌 합격통지서를 받은 친구는 없습니다. 입학을 축하합니다.

인생에도, 무상, 두 글자를 붙이면서, 손을 들겠습니까.

눈을 감고, 고개를 숙이고, 바람 소리가 친구들 귀에 들리지 않게,

시간을 재는 시간

타이머와 스톱워치는 서로 다른 기법으로 전속력을 기록한다. 허들도 잘 넘고 림보도 잘하는 바람도 이따금 몸집을 키운다. 공기가 연기를 바라본다. 오를 만큼 오른 감정이 어느 높이에서 투명해질 수 있나. 궁금해져. 침묵을 깨고 싶은 어색함이 사람의 것이라서. 많은 것을 쓰러뜨렸다. 다정하고 시끄럽게 바람 흉내를 냈다. 낙하하는 게 어떤 방향의 바람을 몇번 맞았는지 알 수 없어. 죽음만 조용하고 무성하게 사람들을 돌보는 중이다.

인부의 말

딸꾹질 때문에 고통받는 사람은 있어도
죽은 사람은 없다
고이면서 멀리 가는 것에는 형체가 없다

거짓말이다
하루 더 살고 알았다

지겨움을 이기는 자신 없음
죽음보다 먼저 일당을 번다
그것을 기다릴 게 아니었나

순서 없는 일을 너무 사랑해서 그래
그래서 안 되는 사람을 너무 사랑해서 그래

그래, 대답하지 않고
잠든 사람과의 통화를 마치지 못한다

사랑할 수 있는 기분을 드려요

김수이

가능성의 냄새, 투명한 기분

김민지의 첫 시집 『잠든 사람과의 통화』는 '가능성의 냄새'[1)]와 '투명한 기분'을 만들기 위한 1인 수공업소의 풍경을 연출한다. 이 수공업소를, 그의 시 한편의 제목을 따서 '회문(回文)공작소'라 불러도 좋겠다. 회문이란 '여러 사람이 차례로 돌려보도록 쓴 글'이며, 회문공작소는 1인 창작의 시가 여러 사람에게 읽힐 방법을 고안하고 실험하는 곳이다.

1) 미국의 한 젊은 작가가 꿈을 안고 뉴욕으로 이사하던 날의 느낌을 표현한 말. "꽃향기가 날아와서 뉴욕의 먼지와 우리의 땀방울에 뒤섞여 기막힌 냄새를 만들어냈다. 바로 '가능성의 냄새'였다"(로렌 마틴 『내 기분은 내가 결정합니다』, 류지현 옮김, 서교출판사 2021, 21면).

김민지는 가능성의 냄새와 투명한 기분을 품은 시를 쓰기 위해 언어를 부지런히 수집하고 고른다. 그는 아예 '기분' '느낌' '감정' '감각' 등의 단어를 자주 시의 전면에 내세우고, 향수, 사진, 조명, 옷, 컴퓨터 프로그램, 생물학, 천체, 과일 품종 등 온갖 분야의 특수 용어들을 시의 "향미증진제"(「향미증진제」)로 사용하기도 한다. 이 과정에서 김민지는 언어의 냄새를 창조하는 언어 조향사, "시접이 없는"(「홀가먼트」) 언어-니트를 짜는 홀가먼트 언어 직공, 언어의 씨앗을 심고 나무를 옮겨 심는 언어 농부 등으로 계속 변신한다. 김민지는 다채로운 언어들을 찬찬히 음미하면서 새로운 기분을 살아내는 데 몰두한다. '나' 스스로 '알람'이 되어 "잠든 세상을 깨우"[2]고, '나'의 쪼그라든 삶의 감각과 세상을 보는 능력을 싱싱하게 되살리기 위해서이다. 그는 언어의 생기를 되찾음으로써 살아 있는 사물과 교류하고, 나아가 현실을 재창조할 수 있다고 믿는다. 적어도 믿고 싶어한다. 이 점에서 김민지는 시(문학)의 충실한 친구이자 연인이다. 한편 에세이스트로서 김민지는 '마음 단어 수집가'와 '만물박사'[3]

2) 김민지는 마음에 내려앉은 단어들을 골똘히 탐구한 산문집에서 "우리 모두는 잠든 세상을 깨우기 위해 태어난 알람인지도 몰라"라고 쓴다(김민지 『마음 단어 수집』, 사람in 2023, 89면).

3) 지금까지 펴낸 두권의 산문집에서 김민지가 각각 설정한 자기 정체성의 이름들(앞의 책과 김민지 『시끄러운 건 인간들뿐』, 알에이치코리아 2024 참조).

를 자처하는데, 이로부터도 언어의 활력으로 세상 만물을 정돈하고 싶어하는 그의 열망을 읽어낼 수 있다.

김민지의 시에서 '가능성의 냄새'와 '투명한 기분'은 대체로 결핍, 잠재, 소망, 꿈 등 미충족 상태나 미래형으로 존재한다. 가능성의 냄새는 매일의 삶에 흐르는 변화의 기류인데, 이를 예민하게 느끼는 능력과 만날 때 영향력을 발휘한다. 가령 "주어진 방향대로 쪼개진 일상"에도 "썰리지 않은 환대가 파과처럼 섞여 있"(「top note」)음을 발견할 때 삶의 변화 가능성은 번지기 시작한다. 투명한 기분은 '나'의 내부의 '어둠'이 승화된 가볍고 드높은 마음에서 우러난다. "오를 만큼 오른 감정이 어느 높이에서 투명해질 수 있나. 궁금해져. (…) 죽음만 조용하고 무성하게 사람들을 돌보는 중이다"(「시간을 재는 시간」). 물론 이 '투명한 높이'는 단시간 단 한번이 아니라 평생에 걸쳐 끊임없이 도달해야 하는 것이다. 김민지는 내면의 투명한 높이를 위한 시 작업에 내내 열중할 뜻을 내비친다. 그런데 가능성의 냄새와 투명한 기분은 사실 분리될 수 없으며, 같은 현상이나 사건의 다른 측면을 구성한다. 한 산문에서 김민지는 '먹구름'을 보면서 "내 어둠"에 잠재된 "어떤 투명함"을 탐색하는데, 삶의 가능성을 발견하는 일과 존재의 내적 투명성을 실현하는 일이 별개가 아님을 보여준다. "먹구름은 자신의 어둠으로 투명한 비를 내린다. 나는 내 어둠으로 어떤 투명함을 꺼낼 수 있을까".[4)]

김민지가 삶의 가능성을 '감각'으로, 존재의 내적 투명성

및 자아의 고양을 '기분'으로 경험하는 것은 그의 개인적 입장만은 아니다. 공동체와 역사의 방향성인 '시대정신'을 더 이상 말하기 힘든 시대에 시대감(時代感)이나 시대감각을 일종의 시대정신으로 내면화한 세대의 목소리가 김민지의 시에도 흐르고 있다. 어쩌면 지금은 '시대기분'이라는 말을 만들어야 할 시대일지도 모르는데, 김민지의 첫 시집에 '기분'이라는 시어가 열여덟번이나 등장하는 것은 '나'(개인)의 표출과 현실의 반영이 맞물린 단적인 예가 된다.

구분 짓기와 느낌 살리기, '사랑'에 이르기까지

무엇 하나 정확히 떨어지지 않아
세상은

무수한 활개들로 중역되는
우회였다

—「헤드룸」 부분

모든 것에 맞출 준비를 하면 어긋났다
같은 앵글 다른 구도에서도 감정은 연결하고 가자

4) 김민지 「구름」, 『마음 단어 수집』, 112면.

—「대기실」 부분

기억의 맨살이 따가워질 때쯤
기분을 억지로 걸치는 대낮

—「향미증진제」 부분

가게마다 다른 배경음악 다른 냄새
상가 많은 거리를 걸어갈 때

그런 느낌일지 모르죠
사람이라는 건

—「일말」 부분

김민지의 시에서 모든 일의 발단은 두가지 문제에서 비롯된다. 첫째, 세상의 모호함과 부실함. 둘째, 모호하고 부실한 세상과 '나'의 어긋남. 짧게 인용한 네편의 시를 하나로 이어보자. "무엇 하나 정확히 떨어지지 않"는 '세상'은 "무수한 활개들"의 '중역'과 '우회'를 낳고, '활개' 치는 사람들 사이에 직역과 직통이 불가능한 세상에는 갈수록 오차가 쌓인다. 이곳에서 "모든 것에 맞출 준비를 하면 어긋"나는데, 이는 '나'의 잘못이기보다는 뒤틀린 세상의 부작용이다. 세상과 어긋날 때마다 단절된 '나'는 "같은 앵글 다른 구도에서도 감정은 연결하고 가자"라면서 타격을 최소화하고자 한다. 그러나 '나'에게는 이름 모를 "기분을 억지로 걸"쳐야 하는 '대낮'의 세상과 아무런 영향을 주고받지 않고 살아갈 방법이 없다. '나'는 이곳에 사는 '사람'의 느낌을 "상가 많은 거리"의 "가게마다 다른 배경음악 다른 냄새"(「일말」)의 느낌에 견주는데, '가게'의 차이와 동일시된 '사람'의 차이는 실은 별 의미 없는 차이에 불과하다.

김민지에게 감정, 기분, 감각, 느낌은 세상의 갈라진 틈새들을 연결하는 이음매이자, '나'가 지켜야 할 최후의 자산으로서 일종의 정체성을 뜻한다. 김민지에게 '나'의 존재 근거를 확증해주는 것은 이 내밀한 향유의 사적이며 개인적인 역량들이다. 모든 것이 어긋나는 세상에서, 사람들의 차이가 극히 미미한 것일지라도, '나'는 부서진 삶과 자아를 내면의 흐름을 통해 이어가고자 한다. 김민지가 수시로 생겨나는 어렴풋한 감정과 기분에 집중하는 것은 자기 존재를 증명하고 자기 삶의 주인이 되기 위해서다. "저는 제게 남은 이 느낌을 살려야 해요"(「후무사 자두」). 김민지의 첫 시집은 이 문장을 실행하기 위한 끝없는 분투라고 할 수 있다. 그 인상적인 예의 하나. "가만히 있는 혀의 감각을 익히며/ '아' 소리를 낸다//떠오르는 감정에 따라 '아'의 높낮이가 달라진다/호흡을 다 쓰고 나면 아무 말이나 해본다//(…)//느끼고 말하는 것의 의미를 조금은 알 것 같다"(「대기실」). 마치 말을 처음 배우는 아이처럼, 김민지는 혀의 감각과 소리의 감정을 헤아리며 "느끼고 말하는 것의 의미"를 몸으로 체득한다.

나아가 김민지에게 감정, 기분, 감각, 느낌은 세상과 인간의 부정성 및 '나'의 무력함을 각성하고, 이성의 몫으로 알려진 비판적 성찰을 수행하는 통로가 된다. "계속해서 걸쳐지는 기분으로 서 있어"(「웃옷」), "흔들리는 느낌은 씩씩한 느낌일까요"(「루미노그램」), "그 사람은 구석의 감각을 모르거든요", "같은 냄새를 너무 오래 맡으면/저렇게 오래 널려 있으면/어떤 기분을 갖게 될까요"(「구석을 내밀면」), ……

김민지가 특히 '기분'에 주목하는 것은 기분이 '나'의 의지와 행동은 물론 매일의 삶을 좌우하는 힘을 지녔기 때문이다. "오늘도 입을 옷이 없다/그 기분"(「연면적」), "흐르는 기분" "디디는 기분"(「생육 조사」), "날아갈 수 없는 기분이지만 버둥거리지 않는 기분"(「동굴영원」), "자욱한 기분" "다시 찾은 기분보다는 새로 생긴 기분"(「구석을 내밀면」) 등 김민지가 묘사하는 기분들은 생활의 실감 및 삶의 이행과 관련되어 있다. 물론 그는 기분이라는 것이 뚜렷한 실체가 없고 유동적이며 주관적이라는 점도 놓치지 않는다. "고통은 기분이 아닙니다"(「구석을 내밀면」). 고통은 몸과 마음의 구체적 사건이라는 점에서 기분과 구별해야 한다. 김민지는 시집 곳곳에서 구별하고 구분하는 일의 모자람과 지나침을 경계한다. 세상이 모호하고 부실한 이유가 구별/구분의 과소(결여, 미작동)와 과잉(잉여, 오작동)에 있다고 보기 때문이다. 한 예로 그는 이 시집에 「연면적」이라는 시를 다섯편 싣고 있는데, 부제를 달지 않음으로써 이 시들을 제목으로 구별할 수 없게 한다. 구별의 과잉을 환기하기 위한 설정일 터인데, 사실 시마다 다른 제목을 붙이는 것은 시(문학)의 내적 논리보다는 유통의 편의를 위한 관습에 가깝다. 김민지는 다섯편의 「연면적」 중 한편에 "베란다와 발코니,/테라스의 차이점을 모르는 나"를 등장시킨다. 베란다와 발코니와 테라스의 차이[5]를 말하기 위해서가 아니라, 셋의 차이를 아는 것과 모르는 것의 차이가 무엇인지를 질문하기 위해서이다.

"그런데 인간은 생각보다 구분을 잘한다/남은 미래를 끊임없이 조각낼 만큼"(「구분 짓기」). 김민지는 필요 이상으로 "구분을 잘"하는 인간이 오늘날, 미래를 산산조각 내며 자신을 위협하기에 이르렀다고 진단한다. 인간은 자연, 사물, 공간, 정보, 개념 등은 물론, 특히 상품, 심지어 인간도 계속 구분함으로써 점점 더 많은 조각을 만들어낸다. 너무 많은 조각(차이)들이 범람하는 세상은 자칫 평화로운 공존이 아니라 혼란의 각자도생을 부른다. "하늘색은 하나가 아니다/살색도 마찬가지//저마다 난색을 표하는 세상을 어디까지 사랑할 수 있을까"(「콜로라마」). 차이는 존중하되, 그 차이의 내용과 파급력도 생각해야 한다는 것. 김민지는 구분 짓기의

5) 김민지는 사물들과 대화한 기록에서 셋의 차이를 이렇게 설명한다. "베란다님은 위층과 아래층의 면적 차이로 생겨난 공간이고, 발코니님은 건물 외벽에서 연장된 공간이고, 테라스님은 1층 대지와 연결된 야외 공간이잖아요"(『시끄러운 건 인간들뿐』, 116면).

문제를 '사랑하는 일'과 연동한다.

따뜻한 색을 뜻하는 난색도
보기에만 따뜻한 것일 수도

그럼 무엇이 따뜻해요?

가나다라와 가느다란의 차이
글자와 말의 차이

더 알게 된 만큼 천 같은 글을 쓰렴
같은 글을 쓰고 덮고 입고 걸치고 싸매고 두르렴

같은 공간에 있어도
누구는 춥고 누구는 더워
같은 걸 받는다고 공평해지지 않아

껴입고 헐벗는 일
무겁고 부끄러워지는 일을 반복하렴

—「콜로라마」 부분

차이가 꼭 필요한 것(가치 있는 다양성)은 아닌 것처럼 같은 것이 꼭 공평한 것도 아니다. 불필요하게 구분된 차이가

'나'와 '너'의 화합을 가로막는다면, 일률적으로 분배된 동일성은 '나'와 '너'의 본질적인 차이를 지운다. 김민지는 구별과 구분의 지나침과 함께 모자람 또한 경계한다. 이 시에서 보듯, 따뜻한 색을 뜻하는 '난색(暖色)'과 꺼리는 기색을 뜻하는 '난색(難色)', 발음이 같은 두 난색 각각의 겉모습과 속사정, "가나다라와 가느다란의 차이/글자와 말의 차이" 등은 당장의 현실적 쓸모와 멀어 보이지만, 이 차이들에 눈감을 때 지워지는 것은 단지 단어 몇개의 차원에 그치지 않는다. 사실과 진실, 언어의 표층과 심층, 말할 수 있는 것과 없는 것에 대한 섬세한 감각의 상실이 뒤따르기 때문이다. 김민지는 겉으로 보기에 "같은 글을 쓰고 덮고 입고 걸치고 싸매고 두르"면서 "껴입고 헐벗는 일/무겁고 부끄러워지는 일을 반복하"라고 자신을 향해 말한다. 김민지에게 글쓰기란 같은 단어 속에서도 다른 것을 "쓰고 덮고 입고 걸치고 싸매고 두르"는 일이며, '나'의 이름으로 타자를 "껴입고 헐벗는 일", 그리하여 세상 속에서 "무겁고 부끄러워지는 일을 반복하"는 일이다. 김민지는 정확히 포착할 수 없는 기분들, "어떠한 규칙도 배열도 없이/자꾸만 포개지는 기분들"(「구석을 내밀면」)을 민감하게 감지하면서 팽팽한 실감의 윤리적 글쓰기 혹은 진실 찾기로서의 글쓰기를 계속하고자 한다. 예컨대 이런 풍경과 시점들로. "가까운 것일 뿐/같지는 않아/완벽히 겹쳐지지 않을//구름이 뭉쳤다 흩어진다/지켜보면 흐른다"(「생육 조사」). "소가 만들지 않은 것/그러나 소의 것처럼 보여//뽀얗다는 사실 빼고/이름 빼고/공통점 없는 우유들을 생각한다//(…)//진짜를 알아볼 시간은 필요하니까"(「자판기 우유를 생각해」). "이 감정은 상온에 보관해야 한다"(「포트홀」).

"저는 제게 남은 이 느낌을 살려야 해요." 이제 우리는 이 시집의 결정적 메시지가 담긴 「후무사 자두」와 다시 만난다. 김민지가 '구분 짓기'와 '느낌 살리기'를 고심하는 것은 이것이 결국 '사람'과 '사랑'의 핵심이라고 보기 때문이다.

> 너무 기쁘거나 슬픈 날엔, 그래서 더 경황이 없는 날엔, 그렇게 되기로 모두가 합의한 듯한 어느 날엔 보고 싶은 사람과 보기 싫은 사람을 동시에 봐야 합니다. 방금까지 꿈속에서는 그런 날, 그런 날이었습니다.
>
> 수중에는 핸드폰이, 핸드폰에는 막 도착한 생일 쿠폰이 있었습니다. 낯익은 행인이 첫째도 자두라 했고, 둘째도 셋째도 자두라 했습니다. (…)
>
> 후무사는 절이 아니다. 알고 있어요. 오지랖 넓은 또다른 행인을 향해 단호하게 말했지만 꿈에선 있을 것 같았죠. 후무사라는 절에서 자두를 출하하는 일이 정말로 있을 것 같았어요. 그 순간 잠꼬대를 하고 있었을까요. 누워서 눈을 감고 떠들던 현실에 잠시 다녀왔을까요.

자주 꾸는 꿈이 있어요. (…) 꿈속에 제가 처음 보는 얼굴로 얼어 있는 저를 보고 신처럼 흐뭇하게 웃으며 말했어요. 네가 너를 안아주면 알게 될 거야. 진짜 단단한 마음과 바짝 얼어 있는 마음이 다르다는 걸.

아는 사람은 다 아는 자두 모양을 하고서. 손에 들고 한 입 베어 물면 손목을 타고 흐르는 간지러움이 끈적일 때까지. 저는 제게 남은 이 느낌을 살려야 해요. 그래서 눈뜨자마자 편지를 씁니다. 매년 후무사에선 하트 닮은 자두를 한 손에 하나 쥐기도 벅찬 크기로 키우기 위해 애씁니다.

이 편지는 후무사에서 최초로 시작되어 일년에 한바퀴 돌면서 받는 사람에게 사랑을 주었습니다. 저는 지난여름 후무사 자두를 받았습니다. 그 자두를 직접 받아 들기 전까지 알 수 없던 것들이 있었죠. 당신에게도 그런 것들이 분명히 있을 거라는 믿음으로 제가 못 쓴 쿠폰을 함께 넣어 보내요. 사람인지 사랑인지 계속 태어난다는 조건으로 받은 쿠폰이에요.

후무사에서 만나요. 우리는 고만고만한 손을 가지고 있어 서로 알아보기 쉬울 거예요.

—「후무사 자두」 부분

다른 감정, 다른 느낌의 사람, 꿈과 현실 등을 '동시'에 살거나 오가던 중, 어느 날 화자는 핸드폰으로 생일 쿠폰을 선물받는다. "낯익은 행인"들이 모두 '자두'라고 말하는 생일 쿠폰은 모두에게 똑같이 해석되는 하나의 의미(동일성)를 지닌다. 그러나 '후무사 자두'에 대해 김민지는 다른 해석의 차이를 생성함으로써 '사람'과 '사랑'이 "계속 태어"날 가능성을 '우리' 사이에 만든다. '후무사'는 물론 "절이 아니"지만, 후무사를 '절'로 해석할 때 자두 쿠폰은 현실 너머의 꿈과 꿈같은 현실로 나아가는 마술적 도구가 된다. 이 간단한 장치로 우리는 실제와 상상을, 꿈과 현실을 넘나들 수 있고, 꿈속에 또다른 '나'를 만나서 그 "네가 너를 안아주"게 할 수도 있다. 그때 우리는 "진짜 단단한 마음과 바짝 얼어 있는 마음이 다르다는 걸", 우리가 하나같이 "아는 사람은 다 아는 자두 모양을 하고" 있다는 것을 알게 된다. 김민지는 꼭 알아야 할 차이와 우리가 이미 지닌 동일성에 대한 느낌을 끝까지 살아내는 것이 '사람'의 일이며 '사랑'의 내용이라고 말한다. "손에 들고 한입 베어 물면 손목을 타고 흐르는 간지러움이 끈적일 때까지. 저는 제게 남은 이 느낌을 살려야 해요." 그러니까 '후무사 자두'는 생일 쿠폰이고 과일 품종이지만, 동시에 "사람인지 사랑인지 계속 태어난다는 조건으로 받은 쿠폰"이며, 우리가 "만나"기 좋은 장소이자 우리가 "고만고만한 손을 가지고 있"듯 닮아서 "서로 알아보기 쉬"운 '하트'의 증표이다. 김민지는 지난 시절 전세계에 유행했던 '행운의 편지'를 패러디하여 "후무사에서 최초로 시작되어 일년에 한바퀴 돌면서 받는 사람에게 사랑을 주"는 편지에 후무사 자두 쿠폰을 넣어 보낸다. 이 시집의 어딘가에 꽂혀 있을 생일 쿠폰을 '당신'도 이미 받으셨기를.

전부 믿지 않지만, 조금 더 사랑하는

김민지에 의하면, "울고 웃는 게 동시에 되"는 우리는 "꿈같은 광경도/현실에서만 볼 수 있"(「염소가 열리는 나무」)다. 가령 현실에서는 수학적으로 불가능하거나 부적절한 오류도 심심치 않게 발생한다. 컴퓨터 프로그램 엑셀의 오류를 다룬 「0의 분포」는 "#DIV/0! 오류 해결 방법"과, 시가 현실의 오류를 해결하는 방법을 병치한 작품이다. 김민지는 "비어 있지 않아야 하는 셀과/비어 있어도 되는 셀을 구분하는 일"의 원칙을 진술하다가, "여러번 필기체로 공책을 망하게" 하면서 "시를 썼다"고 고백하는데, "VLOOKUP 함수를 쓴 시"의 마지막 행에 "오류 무시(I)"라고 적는다. 오류는 수정되어야 하지만, 김민지는 어떤 오류는 '무시'하고 앞으로 나아가는 것이 더 좋은 해법일 수도 있다고 암시한다. 모호하고 부실한 세상을 살아가고, 아직 '인간'이 되지 못했거나 '인간'이 되기를 원하(지 않)는 인간을 사랑하는 일도 마찬가지가 아닐까. 김민지는 현재의 엑셀 작업에서 과거에 공책에다 시를 쓰던 일을 유추하는데, 엑셀에 "비어 있어도 되는 셀"이 있는 것과 같(고도 다르)게 어릴 때 쓰던 깍두기 공책[6]에는 꼭 비어 있어야 하는 칸들이 있었음을 상기시킨다. 마치 "어려운 시기를 통과"하는 이의 "긴 터널"(「깍두기 공책」)처럼.

태어난 걸 축하해. 아무도 없을 때 홀로 어느 방바닥과 천장을 쓸고 돌아다니던 냉장고 소리가 너의 전생이었단다. 믿기 싫다면 믿지 않아도 돼. 믿지 않아도 너는 계속 돼. 이생에서 너는 무엇이든 될 수 있어. 원한다면 인간이 될 수도 있어. 인간이 되면 가장 먼저 터널에 가봐. 어려운 시기를 통과한 이에게 긴 터널을 빠져나오느라 고생했다고 말하던 시절이 있었대. 요즘 터널은 그때보다 밝은데. 밝아도 여전히 무너질까 두려운 인간들이 그 속에 남아 있다. 그 광경을 보면 너도 조금은 안심하지 않을까. 같은 인간이 만든 것을 전부 믿지 않는 마음. 다 뺏기지 않은 마음에서 시작된 사랑이 덤불을 이룰 때. 조금 더 함께하려고 뿌리째 힘껏 주먹을 쥔 나무와 서로 손을 뻗고 깍지를 낀 채 자라난 나무들 사이에서 숲의 손등 위를 거니는 기

6) "가로와 세로로 금을 그어 글씨를 한 칸에 한 글자씩 쓰도록 되어 있는 공책"(『표준국어대사전』).

분을 느껴보는 거야. 마침내 긴 터널을 빠져나온 지구의 기분을.

—「깍두기공책」 전문

세상을 전부 이해하거나 받아들일 수 없는 기분이어도, "같은 인간이 만든 것을 전부 믿지 않는 마음"이어도 우리는 계속 살아갈 수 있고 조금 더 사랑할 수 있다. 세상과 인간을 "믿지 않아도 너는 계속"되고, "다 뺏기지 않은 마음에서 시작된 사랑이 덤불을 이룰 때" 우리는 삶의 어두운 '터널'을 통과해 "서로 손을 뻗고 깍지를 낀 채 자라난 나무들"의 '숲'에 이를 것이기 때문이다. 김민지가 우리에게 발송한 생일 쿠폰에는 "태어난 걸 축하해"로 시작해 '조금 더 함께 하며 사랑의 숲을 함께 거니는 기분을 느껴보자'라는 글이 손글씨로 쓰여 있다. "마침내 긴 터널을 빠져나온 지구의 기분"을, 부서지고 뒤틀린 세상에서도 조금 더 투명하게 살 수 있고 조금 더 환하게 사랑할 수 있는 기분을 선물하는 시가 말이다. 이 쿠폰이 도착하였다는 알람 소리를 부디 우리가 놓치지 않기를.

金壽伊 | 문학평론가

| 시인의 말 |

여기 놓인 기색들은
숙박업을 위해 마련한
같은 색의 수건들 같다

누가
누구의 것인지 모르게
새것처럼

이미 많은 올이 움직였지만
개수는 꼭 맞춰두었다

2024년 9월
김민지